terra dentro

terra dentro

VANESSA VASCOUTO

REFORMATÓRIO

Copyright © 2020 Vanessa Vascouto
terra dentro © Editora Reformatório

Editor
Marcelo Nocelli

Revisão
Marcelo Nocelli
Eliéser Baco (EM Comunicação)

Capa
Eduardo Kerges

Design e editoração eletrônica
Negrito Produção Editorial

Dados Internacionais de Catalogação na Publicação (CIP)
Bibliotecária Juliana Farias Motta (CRB 7-5880)

Vascouto, Vanessa
    Terra dentro / Vanessa Vascouto. – São Paulo: Reformatório, 2020.
    96 p.; 12 x 19 cm.

    ISBN 978-65-88091-07-4

    1. Romance brasileiro. I. Título.
v33it   CDD B869.3

Índices para catálogo sistemático:
1. Romance brasileiro
2. Literatura brasileira

Todos os direitos desta edição reservados à:

EDITORA REFORMATÓRIO
www.reformatorio.com.br

Para R.
meu ponto de partida.

A realidade é a pedra.
MAURA LOPES CANÇADO

Prólogo

RITA
*conta o tempo
numa goteira*

MIRNA
ri entre os lençóis

MOSQUITO
*ouve passos
sobre folhas secas*

Rita

tic. [uma gota]
tic. [uma gota]
tic. [uma gota]

É, criança.
É de como a terra cai aos pedaços
e a gente junto.

Eu pequena, terra vermelha nos pés, num pedaço de chão que não era da gente. Eu pequena. Eu, meu pai, minha mãe, a Mirna e o Mosquito. Irmã mais velha, irmão mais novo. Eu pequena no meio. Num pedaço de terra que nunca foi da gente.

E se repete.

Cinco pessoas repetidas. Contei e são cinco. Seis com você, mas você não conta porque não veio.

Me esqueci de como começou.

>   *tic.* [uma gota]
>   *tic.* [uma gota]
>   *tic.* [uma gota]

>   Tem aqui uma goteira que parece memória
>   e pinga.

Começou com a minha mãe, que nunca foi minha nem mãe.

Porque eu era magrela, pequena e vermelha, mais cabocla que os outros, e ela da cachaça, bêbada de tudo, o cheiro de pinga e uma patada amarga de bafo doce: "te achei no lixo, lombriga". Nem tinha porque ela dizer assim.

Mirna, irmã mais velha, mais gorda. Mosquito, irmão mais novo, "um cachorro".

"Que tipo de gente merece vida assim", ela perguntava prum cigarro em cima da mesa da cozinha, dentro da casa que ficava no terreno emprestado do dono da plantação, a casa que dava vista pras batatas e que tinha mais sete casas do lado, tudo colada uma na outra, tão junto que dava pra ouvir o Nito comer banana sem os dentes duas paredes pra lá. Só saliva e banana, dum lado pro outro na boca banguela do Nito quando tudo ficava quieto.

O Nito que disse que a mãe tinha saído pelada de lá. Disse pro meu pai e o meu pai já tinha ido no bar pedir pelo amor de Deus que não dessem mais cachaça pra ela porque ela ficava de dar medo, e todo mundo tinha medo da minha mãe, menos o Mosquito que não era flor que se cheirasse, a flor roxa dum pé de boldo fedido.

Mas não adiantava o pai pedir nem no bar nem em lugar nenhum porque bêbado arranja jeito e ela escondia a pinga no chimarrão e não alcançava a cuia pra ninguém.

Uma pessoa repetida a minha mãe, mas ela não conta porque não veio. Ou veio e nunca veio. Um'alma que veio sem querer vir ou querendo ir embora. Veio e foi embora pelada com o veneno dos ratos na plantação das batatas quando eu tinha vinte e um anos e um bucho. E meu pai, sem nunca ter botado pingo de álcool ou veneno na boca, achou ela lá, estendida igual cerca viva só que morta, na frente das sete casas de plateia. Colheu ela batatinha, coitado.

tic. [uma gota]
tic. [uma gota]
tic. [uma gota]

A goteira é da caixa d'água que ficou ruim
depois do temporal, quando o Bóris
matou o Duque. Era traiçoeiro o cachorro.
Mataram ele depois. Não achei ruim.

Traiçoeirinho ele e o cachorro que era o Mosquito.
Tinha medo, o meu irmão. Medo e raiva. E vontade
de ir embora.

Igual o 8e23, que vem aqui de vez em quando,
às oito da manhã e vinte e três minutos,
e não vem sempre,
e faz assim porque é casado
e homem casado é assim:
"só posso de manhã", a Mirna diz que ele diz.

No cemitério, o mesmo de sempre, a gente enterrou a mãe. Eu, meu pai, o meu Maridinho e a Mirna, sem o Mosquito, que não era de homenagem.

Era só terra vermelha naquela terra de ninguém. Só que pra cobrir o corpo dela veio uma areia grossa de construção, pra construir o quê naquela cova eu não sei. Camada com camada de tampão prum corpo sem fogo nenhum. E o Maridinho disse pra eu me despedir dela enquanto a areia vinha por cima e eu já tinha dado tchau fazia tempo e agora eu só tinha alívio e desde sempre eu só tinha dó. Dela e do pai. Dela que tinha problema e do pai que tinha ela de problema. Todo mundo em silêncio, menos a Mirna que chorava muito por qualquer coisa e o Maridinho que disse que a areia era da usina onde ele e o Mosquito faziam serviço, da construção da usina ali perto.

Ele e o Mosquito. Os dois sempre juntos desde pequenos, e eu sempre junta desde pequena, que naquele batatal eu conheci o Maridinho e nunca mais larguei, porque achar quem é seu nessa vida é sorte e eu sempre soube e ele também.

8e23. Porque quando vem, chega às oito da manhã e vinte e três minutos, e não vem sempre, e faz assim porque é casado.
Homem casado é assim:
"só posso de manhã".
"Cachorro", a Mirna diz.
"Trepa bem, mas é um cachorro".

Eu já disse isso?

Um cachorro, o Mosquito. Dizia que eu tinha tirado o Maridinho dele porque foi começar a gente namorar que ele preferia ficar comigo. Eu sempre vi no olho do Mosquito a amizade enlaçada com o Maridinho, que era de verdade e bonita.

Só que o Mosquito era um pavio, igual a mãe. E o Maridinho de paz não brigava por nada. Tinha a voz doce que mudou do dia pra noite quando a gente era novinho e ficou som de homem sério porque o Maridinho falava reto depois de grande.

O Mosquito quase não tinha palavra, só que vivia metido em confusão. Pequeno, magrinho, zumbido fino, por isso mosquito. Veio pronto pra dar errado. E quando a mãe chamava ele de cachorro ela não deixava de ter uma razão porque ele parecia mesmo um cão ardido latindo pro que via na frente.

Que nem quando ela pegou as moedas dele pra usar na rifa das pulseiras e ele bateu nela. E todas as vezes que precisava matar qualquer bicho e ia ele, porque não tinha tristeza nem pena. E a vez outra, da facada no mais velho do Valter.

Isso a Mirna me disse, eu não vi. Ela e os piás na plantação molhada depois da chuva dum fim de tarde de calor. O sol voltando a aparecer pra já sumir lá atrás e de repente o Mosquito colado de frente prum barranco, a calça arriada, trepando cum buraco que decerto ele mesmo fez. Tinha doze anos e metia na terra vermelha sem saber que tinha gente vendo, mas tinha cinco esperando pra rir. E quando o Mosquito diminuiu o ritmo das ancas e tomou distância três passos saiu todo mundo detrás da moita, e "punheteiro!", e o Mosquito puxou a faca e sem nem pensar deu na barriga do Sérgio, o mais velho do Valter, que espirrou sangue pro chão, nos outros e na Mirna. Foi parar no hospital ele e por milagre não morreu. Mas a coisa é que ninguém mais ia tirar sarro do Mosquito. Doze anos de idade, a primeira facada n'alguém. Depois daquilo, tudo podia. Só o Nito botava o Mosquito quieto. O Nito e eu. O resto, não.

tic.
tic.
tic.

Tem uma goteira que parece lembrança e pinga.
E essa cadeira de balanço que não balança.
E a casa e a piscina vazia,
coisa triste mesmo porque toda vida
eu queria uma piscina pra ficar sentada
com o pé pendurado n'água, a mão pra trás,
o sol na cara e a canela no geladinho.

Eu era moça e queria uma casa com piscina, meu sonho. Piscina cravada pra quando faz calor e a madeira ferve, os tijolos fervem e a gente vê as coisas tremidas, igual miragem.

Eu queria piscina ou o mar que eu nunca vi. Maridinho já tinha visto. Disse que era o mesmo daqui: um deserto de terra e mato, só que de barulho e água. Foi ele e a Rosa ver o mar.

A Rosa tinha cinco anos menos que eu e a pele de seda branca diferente da minha, que é escura e seca igual chão sem chuva, que quando a gente olha de perto e a luz bate direito parece a terra dum sertão. A Mirna que diz.

A pele da Rosa era que nem a flor da rosa, um cintilante bonito quando a luz batia direito. A Rosa era irmã do Maridinho, filha do Nito banguela. Sem mãe, porque a Lúcia morreu quando entregou a menina pra terra.

Foi que a gente se espremia lá, eu, a Mirna, o Mosquito e o Maridinho. Eu, sete; Mirna, oito; Mosquito, quatro; Maridinho sete. Uma criançada ranhenta no quarto onde a mãe do Maridinho vinha trazer a Rosa pelo meio das pernas. E as vizinhas pra ajudar, e a minha mãe junto porque isso de trazer criança pro mundo ela fazia bem. Se tivesse bêbada era um negócio que deixava ela direita na hora, fazer parto.

Só que foi sofrido a Lúcia entregar a Rosa. Fazia força pra fora e a menina invertia. Até que, quando saiu, as tripas da Lúcia não faziam mais nada porque se espremeram igual a gente no quarto pra ver a Rosa nascer. Quando veio, levaram a Lúcia pro hospital. Foi a última vez que todo mundo viu ela, e a Rosa virou cria das sete casas, tão juntas que dava pra ouvir o Nito comer banana sem os dentes duas paredes pra lá. Só saliva e banana, dum lado pro outro na boca banguela do Nito quando tudo ficava quieto.

E até leite a mãe deu pra fazer comer a menina. E o Nito dizia que ainda bem que era menina pra ocupar o lugar da Lúcia que ele amava e agora amava a Rosa igual ele amava a Lúcia, e os dentes banguelos quando ele falava da Rosa e a língua branca de banana dentro da boca com a gengiva lisa, os beiços pra dentro e a mão que corria a Rosa desde neném.

Eu gostava dela que nem se fosse minha. Era igual brincar de casinha cuidar da Rosa. Igual era brincar de casinha cuidar do Mosquito quando ele era pequeno. Era tudo boneco na mão da gente. Pena que boneco de carne cresce.

Mirna [*ri entre os lençóis*]

Eu sou gorda, mas não sou duas, eu já disse praquele peste que não dá pra contar com a Rita, que ela não bate bem. E "Dona Redonda" é a puta que pariu ele. Tem graça nenhuma ficar aqui igual um burro de carga pra cima e pra baixo de olho em fazer o que essa casa precisa de fazer, merda. Vem de vez em quando e quer mandar. Caseiro era pra ter mais direito que esse povo que constrói e abandona. É cachorro, é grama, é cano que pinga. Acha ruim que eu te chamo. Você vem, conserta. De quebra, me come. Tem que achar ruim não. Eu digo que você vale cada centavo dos cento e cinquenta e ainda chega na hora. Isso é um negócio que eu gosto. 8h23 certinho, toda vez. Falei pra Rita que teu nome é 8e23 e ela riu. Milagre, porque ela ri pouco. Ainda bem que tem eu pra cuidar, fazer ela engordar um pouquinho. Come tão pouco que se não fosse eu, ela já tinha morrido. Gente magra fica sempre azeda. Fiz sagu outro dia e tive que comer sozinha que ela inventou que tinha areia. É doida – só que menos doida que a mãe, graças a Deus, que deuzulivre ficar ela que nem a mãe, eu não mereço duas vezes a mesma peia. A mãe era magra de tristeza, o Mosquito também. Só o pai que era faceirinho, mas esse era de outro mundo. Eu fiquei feliz que você podia vir hoje porque amanhã não ia dar. Tanto tempo que o André morreu. Amanhã é aniversário de morte. Era o meu cunhado. Quinze anos já. Essa época do ano é a pior. "Levar cata-vento pro Maridinho", a Rita diz. Dia de Reis. Reis da desgraça, só se for. Essa época do ano é ruim, só que o meio do ano também é porque teve o Mosquito que mataram em mês frio. Aí toca pro cemitério de novo. E no final do ano foi quando o pai e a mãe bateram as botas, então se você for ver direito o ano inteiro é osso. Quem vê acha que a gente acha bonito o cemitério porque não sai de lá. Eu não gosto porque eu choro, só que eu também choro por qualquer coisa, então tanto faz chorar em casa ou no túmulo, dá tudo na mesma. Eu gosto é de ficar que nem agora, aqui na cama, pelada, esparramada e felizinha da minha vida que coisa boa é sentir o lençol na canela. Lençol não faz ninguém chorar. Feliz, 8... 8 é o nome do teu apelido. "Evintetrês" é sobrenome. É que eu acho que nome, nome mesmo, deixa a gente muito sério. Só que "Dona Redonda" eu não gosto. "Dona Redonda" não. Essa mania de apelido eu peguei da mãe que nisso ela era engraçada. Era sempre Seu Homi e Dona Muié, o dono e a dona da plantação. Dono...pffff. Era a gente que cuidava. Teve pouca gente pra quem eu não dei apelido. A Rita, que é fraquinha; o André, que era sério demais e depois a Rita já logo tascou "Maridinho"; o Nito, que eu não tinha nem vontade de falar o nome, quem dirá de inventar apelido; e a Rosa, que era bonita demais pra chamar de outra coisa. Uma família inteira pra ser a desgraça da minha, mas também senão fosse por eles tinha sido por outra gente, que gente taí é pra ser impiastro um do outro. Mas tem que esquentar a cabeça com isso não. Vê e deixa passar. Chora e deixa passar. Só fica pior se tem filho, que filho é um negócio que não deixa esquecer. Vê a Rita, deuzulivre, e olha que a neném nem veio. Você já vai? Fica que a manhã demora. Homem casado. Só não reclamo porque eu não ia gostar de ficar colada. Eu fiquei colada uma vez e durou pouco porque eu tinha mais o que fazer. Agora eu gosto de vem e vai, que trepar é bom só que não é tudo, 8. 8, 8, 8... Hoje eu acordei com essa dor filha da puta nas tripas. Desde ontem porque eu comi um pão com requeijão, depois um frango e sagu e agora azedou tudo, vai saber. Pode ser isso, a comida, ou o cigarro. Eu tenho nojo de fumar, não gosto do gosto, mas como mata o tempo quando não se fuma? Todo esse tempo me irrita. Me dá um do seu. Cinco minutos. 5, 8. 5 minutos dentro de cada cigarro. Mas agora já faz o tempo de uns mil cigarros que esse lugar cai aos pedaços, vê? Não é só o cano. É a caixa d'água e a bomba da piscina. Não importa que ninguém mais use, não tem coisa mais triste que piscina vazia. E que a falta de luz. E que as lâmpadas que queimam o tempo todo e eu tenho que trocar e trocar e trocar. Inferno. Hoje o inferno fica aqui, na minha barriga. Vê pulando? Bota a mão aqui pra ver, bota, como se fosse sentir neném. Deuzulivre. Isso é comida e não criança, que desse mal, de fazer gente, eu não padeço. Mas a barriga fica quente mesmo, vê, igual o fogo na árvore daquela vez. Amanhã é que faz, quinze anos já. Uma árvore imensa, tão imensa que não tinha água que chegasse pra tanto fogo.

Mosquito [*ouve os passos os passos os passos sobre as folhas secas*]

A regra número um era não cagar regra, mas eu vi primeiro, então eu avisei, era meu e pronto.

No frio de junho eu achei um caquizeiro pra gente subir, que desde que eu botei o olho em ti, Rosa, a graça era ter você só minha nesse lugar só meu. Terra debaixo do pé, ramo que podia ser telha. Meu. Longe das batatas, entre mil árvores pra lá do roçado, eu achei ele espalhado pros lados sem folha nenhuma.

Deitado reto eu via debaixo pra cima um céu rachado de galho. Eu queria morar naquele chãozão de azul, eu e você, ver de lá de cima que mais da metade do ano o diacho do caquizeiro não passava de um pé de pássaro. Dava nem folha nem caqui até o verão. Caqui tem valor, Rosa, não é que nem batata que dá o ano inteiro e nunca perde nem folha nem nada nada, sempre viva, raiz maldita.

Eu sempre odiei aqui. Eu sempre gostei de odiar aqui. Eu sou forte forte, eu sou o rei das batatas. Eu odeio tanto aqui que vou ficar aqui pra sempre. Tem gosto lutar contra essa terra vermelha que não sai, e a plantação, e o meu pai um bunda-mole, a minha mãe um demônio, e o Nito que podia morrer. Um dia eu ainda mato esse velho filho da puta. De tanto que a gente repete a mesma coisa essa coisa vem e acontece, ou acontece do avesso, só de raiva.

É um negócio que nunca me saiu da cabeça, o Nito vir em casa pra cantar sábado à noite com aquela gente feia carcomida de sol que por mais que tomasse banho não saía a cor daquele pó vermelho que empestava tudo. Eu ia terminar assim também.

E na serenata, o povo dava dinheiro, uma mão grossa de moeda pra um tanto de gato pingado que cantava tudo torto e tocava as violas tudo torto. E o meu pai ria, dava trocado e a minha mãe dançava, meu pai aplaudia e todo mundo via que a minha mãe tinha um pino a menos e vergonha nenhuma.

Eu, de pequeno, nunca gostei do jeito dela pra banda da usina. De ela sair bêbada, pelada, gritando e a Rita e a Mirna trazerem de volta pra ela encher a gente de tapa. Eu tinha medo e raiva.

Foi quando eu vi ela e o Nito no quarto, na cama que era dela e do pai. Ali a raiva sentou em mim e ficou. O Nito lambendo aquelas tetas com a língua que dava volta, branca de podre que eu só vi igual em boi. Eu vi ali na fechadura e vomitei. Ela veio de susto porque decerto a minha tripa gritou mãe. Abriu a porta, me olhou quieta de cima e saiu. Mas o Nito "boca fechada, mosquito de merda".

A cara de nada da minha mãe naquele buraco, a cara de quem não pensa e nem sente. É que entre a cabeça e a boca, entre a boca e o coração da minha mãe, Rosa, tinha alguma coisa quebrada e o que saía dela rachava a gente também. Tudo naquela terra era ruim e a Rita dizia que peste era eu, só que ali até o ar sabia ser pior. Calor demais, frio demais, ódio demais e a tristeza de todo mundo. Só dinheiro sabia ser pouco. Mistério demais. Feitiço, trabalho, macumba.

O padre que vinha de vez em nunca disse que a mãe tinha que parar de beber ou um dia ia correr sangue do chuveiro em cima dela. Foi verdade mesmo isso daí. Ela não parou de beber e um chuveiro correu sangue em cima da gente porque ela morreu antes. Vagabunda. Não fala da tua mãe, eu sei, Rosa, eu peço desculpa, peste eu, só que a única coisa bonita que ela fez foi trazer você pro mundo antes da Lúcia morrer.

> [*os passos*
> *os passos*
> *os passos*]

Shhh, shhh, espera! Tem gente aqui. Ouve? Quieta, Rosa. É o Nito. Fica comigo que o caquizeiro é nosso. Ninguém mais sobe, eu não deixo. Os piás tentam e eu não deixo. Menino parece que tem sempre que brigar. Se não briga passam por cima, ainda mais eu. Me faltou carne, mas eu sou rápido, forte forte. Não é que eu gostava de brigar, tinha mais era medo, mas quando eu descobri a faca, eu cresci.

Era só com o André que eu me dava, lembra, Rosa? Desde sempre eu e o André. Se o André subisse no caquizeiro eu deixava, porque era teu irmão e era como se fosse meu. Como que o porco do Nito foi dar raiz pra vocês dois, eu não sei.

Naquele verão eu esperei no sol de todo dia o caquizeiro dar folha pra levar você. Era a coisa mais bonita, deitar no chão e ter uma sombra pra proteger a pele da gente daquele clarão burro. A tua pele nasceu branca branca, a coisa mais branca. Tinha que proteger contra o sol, Rosa. Tinha folha e caqui pra você.

E eu ia lá ver nascer folhinha com folhinha. Disso eu gostava, de vagar com o André pra ver planta brotar, que ele me ensinou que bonito é ver o verdinho que sai do tronco. O André era das coisas pequenas e por isso era da Rita. "Maridinho".

Eu não tinha contado da árvore pra ninguém, Rosa, só que um dia os piás vieram. Eu deitado ali, vendo a hora de te levar, vi antes a sombra deles no sol, uns já subido nos galhos. "Sai sai, é meu", eu falei pra sair senão eu metia a faca e eu metia mesmo. Era meu. Eu sou forte forte, eu sou o rei das batatas. Eles saíram, só que no dia seguinte, quando eu voltei, tinha folha nenhuma. Derrubaram tudo, deixaram só tronco e galho.

Cinco moleques com cinco varas sem dó pelaram ela, as folhas tudo no chão. Primeiro verdinhas, depois secas secas de uma cor marrom feia. Mas eu não falei nada, Rosa, não falei pra ninguém nem pra você. Que naquele ano eu engoli folha por folha, que ali eu vi que na vida era bom fazer segredo do que importa. Que folha é que nem cabelo e que no ano que vem eu ia te levar lá e no outro e no outro e no outro e o caquizeiro ia ser pra sempre o lugar das primeiras coisas.

Aquele gordo filho da puta do Sérgio eu peguei na ribanceira e meti a faca, que eu falei que ia meter, fui lá e meti mesmo. Não foi por causa do "punheteiro". Foi pelo que ele botou no chão. "Bicho do mato catinguento", a mãe chamava ele quando era viva e só aí eu gostava dela. Foda-se a punheta. Eu metia no barranco porque a gente não podia. A gente nunca pôde. Com você era quando ele morrer.

O lugar das primeiras coisas. As meninas te ensinaram. Primeiro a mão, depois a boca, depois o resto. Que só com quinze podia o resto. Caqui tinha jeito de madurar mais rápido. Um furinho mais álcool. Gente precisava de tempo. Quando ele morrer, Quinho.

Caqui antes da hora é ruim que amarra a boca. Vida de gente é igual, só que vida não se apressa, Rosa. Morte sim.

Depois que a mãe e o pai morreram que eu fiquei sabendo. Dali eu fiquei sabendo que morte não tem segredo. De precisar sacrificar bicho e botar a faca atravessando o Sérgio eu vi que podia ser até respiro. Se o Sérgio tivesse morrido, ia feliz feliz. Tinha bicho que ria quando morria, eu vi uma pá de vez, a carne que ri. Não tem pecado na morte, nem pra quem mata nem pra quem morre, só pra quem fica e teima de explicar. Não tem que explicar a natureza, Rosa. Só o que acontecia depois é que era mistério e agora eu sei. Não tem céu nem inferno, é só o tempo e a lembrança pra eu viver de novo tudo na minha ideia. Tem o infinito pra eu lembrar de você, da árvore nossa e do puto do Nito quando viu a gente lá.

[os passos
os passos
os passos]

Rita

tic.
tic.
tic.

Voltaram do mar com essa música, como era?
"Lará lará /
oiá balão /
ói corram gente venham ver /
toda a tripulação /
ele é um submarino /
que corre debaixo do chão"

    Como era que a Rosa e o Maridinho voltaram cantando do mar?
    Eu já te cantei uma vez, repete pra mim, repete.

    Cinco gente repetida. Contei e são cinco. Seis com você, mas você não conta porque você veio e não veio, criança.

A Mirna foi gente repetida uma vez, quando ela casou, pouco depois d'eu e do Maridinho, com o mais novo do Valter. Casou, foi pra cidade e voltou ano depois.

Os piás diziam que ele queria era comer o rabo dela e ela não quis. Mas a Mirna dizia que foi só porque ela cansou, "trepar é bom", mas ela tinha mais o que fazer, e que se não pensasse assim não tinha nem chegado até aqui.

> Eu prefiro a minha irmã aqui.
> O Mosquito foi bom ter longe.

Era desde pequeno os dois, a Rosa e o Mosquito. Se viram e nunca mais se largaram, porque achar quem é seu nessa vida é sorte e ele sempre soube e ela também. Só que o Nito nunca quis e o Mosquito, que já era ruim, ficou toda a vida pior.

> Amanhã o Maridinho morreu. Faz quinze anos
> que são quinze anos de anos repetidos.
> Contei e são quinze. Quinze com você,
> mas você não conta porque não veio.

Me esqueci de como começou.

Só disso eu sei, que desde que ele morreu tudo que eu como vira areia. Arroz, feijão, sopa, purê, batata frita, assada, bife, salada, maionese, tudo grão de areia na boca e dói. Areia grossa feito pedrinha da usina onde ele e o Mosquito faziam serviço.

> Parei de comer faz tempo.
> A Tica faz companhia e não come também.
> Vai morrer, a cachorra.
> Mas a Mirna come. Desde sempre a Mirna
> come sem parar.

> *tic.*
> *tic.*
> *tic.*

Maridinho ficou sendo meu maridinho num dia de minuano. "É pra gente se esquentar, pequena", ele falava num sopro quente no meu ouvido e eu sentia o coração bater no corpo, igual depois da gente deitar, quando eu botava a cabeça de lado e olhava pra ele de horizonte e a pele era chão que eu via bater, um terremoto debaixo de pétala.

No terreno que tinha a vista pras batatas, mais sete casas, a gente fez mais uma. Uma casa do lado da outra: uma com a Rosa e o Nito; uma eu e o Maridinho; uma a mãe, que morreu, e o pai, que quis morrer depois, mais o Mosquito e a Mirna descasada. O resto era família do Valter.

O Mosquito dizia que queria era construir outra casa, sem a Mirna, só pra ele e a Rosa, ou então levar ela embora. Dizia que esperava o Nito morrer pra levar a Rosa com ele. E o Nito dizia que um dia ainda esmagava aquele Mosquito maldito pra ele nunca mais cercar a flor dele. E a Rosa dizia que amava o Mosquito, só que não ia fugir. E todo mundo dizia muito naquele terreno e era difícil saber o que era da boca pra fora ou das batatas pra dentro, até o fogaréu na noite de Reis.

>Hoje é Dia de Reis.
>Amanhã o Maridinho morreu.
>Pega a romã, chupa. Nove caroçinhos.
>Guarda na carteira que é pra dar dinheiro.
>"Costura num saquinho pra não perder",
>a Mirna diz.

>Presta atenção, criança.
>Romã é a palavra mais linda.

Tinha seis meses de você na barriga e uma romã cheia de suco. A gente sentada na escadinha com o sol pra se pôr e o Nito vindo de lá, grosso com a Rosa pelos cabelos e ela se batendo igual borboleta que a gente pega pela asa.

Ele arrastando ela por cima da terra respigada e depois na frente das casas e ela "me ajuda, Rita, me ajuda", só que o combinado era não se meter no que não era da gente. A Rosa era de todo mundo e então era de ninguém, e eu estátua com a fruta escorrendo no meio dos dedos e dos cambitos e você na barriga se batendo que nem ela.

Depois o Nito e a Rosa pra dentro de casa e um silêncio que pingava romã. E da fruta, o fogo; do fogo, a fumaça que subia feito nuvem. Dali eu espremi a testa pra ver. A árvore lá, depois do roçado, queimando igual fogueira de junho em janeiro.

De dentro de casa a Mirna correu. O comboio, que tinha chegado da usina com o Maridinho, correu. E todo mundo correu rápido, que se o fogo corre igual pra plantação é o fim da gente.

Joga água, assopra, assopra.

> Queria levar mais cata-ventos pra ele, coitado.
> Melhor cata-vento no lugar das flores que
> não morrem e são mais lindos.

Da última vez, uma mulher
veio falar comigo no cemitério, perguntar
porque eu levava os cata-ventos e não as flores.
Eu disse que era pra soprarem a alma
do meu Maridinho mais pra longe
pra ele não remorrer de desgosto naquele lugar.
Ela me olhou com o olho bem grande
eu ri alto, ela correu.
Re-mor-rer. Que palavra.

Mas não é por isso que eu levo os cata-ventos
pro teu pai, criança,
não me lembro mais por quê.
Eu já disse isso?

tic.
tic.
tic.

Lá embaixo, todo mundo ia pra apagar o fogo e o Mosquito do contra vinha. O sol já tinha ido embora pra eu acender a luz e ver ele de passo firme, devagar e olho de sangue, a cara estropiada de apanhar. Nunca na vida que o Mosquito andou devagar. Que era estranho era. O fogo, o Nito mudo e o choro da Rosa abafado em casa, o Mosquito na minha direção e depois na escadinha, a voz baixa de raiva e de choro

"Rita, eu vou mas eu volto, matar esse velho filho da puta e levar a Rosa embora".

Nunca que eu vi o Mosquito marejar. Que era estranho era. Que fosse embora, que eu não sabia o que tinha acontecido, mas era de dar medo quando o Mosquito falava quieto. Era igual com mosquito mosquitinho mesmo, que quando zumzumzeava a gente sabia cadê. Ruim era quando não fazia som. Tinha um bafo que cheirava perigo, o meu irmão. Que demorasse longe pra dar tempo de esquecer. Eu falei que era ele esperar o velho morrer, mas não tinha voz que chegasse. Se desse tempo eu fazia simpatia pro vento levar, igual eu fiz pra você nascer menina.

Eu queria menina pra ser boneca e cuidar igual a mãe não cuidou da gente. Eu queria menina pra essa menina ser eu, só que eu melhor. E aí veio.

>Criança,
>cadê o toucinho que tava aqui?
>O gato comeu.
>Cadê o gato?
>Foi pro mato.
>Cadê o mato?
>O fogo queimou.
>Cadê o fogo?

tic.
tic.
tic.

Tinha que botar colher de pau debaixo da cama e fitinha cor-de-rosa no travesseiro pra vir menina. Eu botei. Tinha jeito pra tudo na plantação e, se não jeito, explicação. Que nem quando a Lúcia morreu. A Mirna que disse. Que no dia a benzedeira mandou abrir o colchão da Lúcia, um colchão que nunca tinha visto ar por dentro nem sereno por fora. Que quando abriram, tinha lá o vestido tomara que caia que ela vestiu na festa do divino, vermelho e rodado, costurado na tripa duma espuma grossa, um emaranhado que sangrava por dentro, igual a Lúcia que sangrou de mistério.

Isso é história, só que história a gente ouve e acredita. E se tinha simpatia pra morrer tinha que ter pra nascer. E pra salvar gente e reviver quem morre também.

      Meu Maridinho.
    Tinha nada a ver com nada
   e morreu numa briga que nem era dele.
  É ruim de dizer assim do sangue da gente,
      só que maldito o Mosquito.

O almoço no meio-dia do domingo de Reis, o dia seguinte da queimada da árvore lá no fundo. Era pra todo mundo vir que a Mirna ia cozinhar com a vaquinha das sete casas. Era de comemorar o Dia de Reis. Era de comemorar que o fogo tinha pegado só na árvore e que ninguém mais sabia da promessa do Mosquito.

De manhã eu vi a Mirna arrumar a mesa do lado de fora, de toalha florida. Tinha o silêncio antes da festa, o silêncio de cada um e cada um em cada casa. O Maridinho e eu, eu com a barriga no fogão em cima dum calor de sagu que me baixava o sangue. E na mistura do doce eu via a Rosa na beira do roçado, derretendo em suor e choro, triste dum jeito que não ornava com dia bonito, esperava o meu irmão aparecer feito sonho. Rezava pra ele voltar contra a minha reza pra ele ir, ir e só ir.

> Cinco gente repetida. Contei e são cinco.
> Mirna, Mosquito, o Maridinho, o Nito e a Rosa.
> Seis com você,
> mas você não conta porque não veio.

> > > *tic.*
> > > *tic.*
> > > *tic.*

  Os cata-ventos, eu já fiz nove, esse é o último.
Papel quadradinho, duas riscas de esgueio.
Corta o riscado das pontas pro meio.
Dobra as pontinhas.
Uma sim, uma não, uma sim, uma não.
Prende o miolo e uma ripa,
finca ele no chão.
Roda, roda, criança,
que a terra lembra,
o vento lembra.
A Mirna tem que chegar pra gente ir.

Eu me lembro. De ouvir a voz por trás, dos lados, de cima e de baixo: "Rosa". Eu olhei pra fora e vi, lá de onde a Rosa também via, de onde o Maridinho, ali da escada, também via, de onde a Mirna veio ver. De longe no roçado, vinha o Mosquito.

Era pra ele ter ido embora com o fogo e voltar quando Deus quisesse e não quando o capeta mandasse. Só que o capeta fez primeiro. Veio ele com o demônio no couro, a cara roxa de ontem. O cambitinho bambo que se soprassem ele caía. O Mosquito lutava contra o vento. Só que naquele dia tinha só mormaço e ar pesado. Um peso que não dava pra ver. "Fecha a porta do teu pai, André", e o Maridinho foi no meu pedido, só que não deu tempo. Quando ele chegou, o banguela já se escorava do lado de fora. O olho no olho dos dois e a Rosa no meio.

Mirna [*ri entre os lençóis*]

"Amor", pfff, grande bosta. Que que você acha, 8? Eu tenho amor. Só que não muito, que amor demais amarra. Tem gente que ama de um jeito que quando um morre o outro combina com Deus pra ir junto e ele deixa. O meu pai amava a minha mãe assim, pediu pra ir com ela e foi. Só que eu acho que esse amor não é pra todo mundo. Que amor não é pra todo mundo. Que é só invenção. Eu vou inventar que te amo, 8. Deuzulivre. O meu pai amou tanto e foi embora cedo. A minha mãe amou pouco e foi tarde. Não fico triste, que na vida tem problema que às vezes é solução. O Mosquito amou tanto e foi cedo, só que coisa de amor e morte não tem regra. Pintei a unha de verde, vê? Verde-água, a cor que eu mais gosto. E passei esse batom vermelho porque você vinha. Eu acho que eu fico bonita de cor. Isso de se pintar eu aprendi com a mãe, só que a unha dela eu que pintava. "Obrigada, sua inútil". A mãe era engraçada, ela era muito engraçada ela. Fome. Você tem fome? O tempo todo eu tenho uma fome. Saco sem fundo. Sacola! Sacola sem fundo, que eu sou mulher. Eu acho que se eu fosse magra eu ia ser feia. E se eu fosse feia eu ia ser triste. Eu gosto de ficar pesada pra não voar, 8. Cravada no chão eu quero ver quem me tira daqui. Gente magra balança com a brisa. Eu não. Eu fico. Vem cá. Me pega, me chupa, me lambe, que eu mereço, garoto. Tem bastante coisa pra você fazer em mim. Só não gosto de ver língua que língua é um negócio que me dá ânsia. Eu lembro do Nito banguela, já falei dele. Era um banguela filho da puta esse. Se bem que "filho da puta" também não, que "filho da puta" é demais daí. Era coitado só. Perdeu a Lúcia quando a Rosa nasceu e com a Lúcia foram embora os dentes. Piorréia. Palavra feia. Piorréia. Aí sem a Lúcia ele ficou ciumento da Rosa. O Nito tinha o André, a Rosa e aquela língua dentro da boca e no final tiveram que cortar fora porque deu peste e a língua inchou. Aí cortaram. Já viu gente sem língua, 8? É a coisa mais feia do mundo porque o queixo entra pra dentro. A cara da pessoa não fica normal quando a língua vai embora. Foi depois que o André morreu. A língua é o chicote da bunda. Vai ver se o velho não tivesse falado tanto e queimado a árvore do menino, nada disso tinha acontecido. Tanta desgraça por causa de um caquizeiro, isso é o que eu nunca entendi. Caqui nem bom é. A gente só descobriu no outro dia do fogo que tinha sido ele. A Rita já tinha cantado que viu o banguela vindo de lá com a Rosa pendurada pelo cabelo e que o Mosquito ia embora com a cara inchada de apanhar do velho. Só que ele voltou no outro dia. Sete de janeiro, igual amanhã. "A tragédia de Reis". O Mosquito falava que eu falo sem parar. Nisso tinha razão ele. Vou calar a minha boca. Sabe do que eu gosto, 8? Do teu cheiro de chimarrão e cigarro. Vem cá. Deita aqui pra eu te cheirar.

Mosquito

Feio eu. O André dizia que eu era feio feio e pequeno. Que era bom eu tocar viola pra ficar bonito. Ou então ficar engraçado, "mulher gosta de dar risada", só que graça eu nunca tive muita.

Foi daí que de ouvido mesmo eu aprendi.

"Minha alma quer descanso /
Preciso de um recanto /
Minha arma quem vigia /
É o divino espírito santo"

Eu não tenho Deus comigo, mas eu tocava pra você dançar, Rosa, bonita igual só você dançava. Uma canção besta atrás da outra, só que o balanço era melhor que o som do vento, que o passo e as folhas e os grilos no sereno. Do escuro só prestava luz de caga-fogo e o som da viola pra você do outro lado da parede daquela caixa de sapato. Era melhor tocar viola pro som chegar em você antes. E depois, no nosso lugar, a cantiga do caiçara. Palavra você inventava. Isso eu queria lembrar, como que era a letra que você cantava.

"Lará lará /
oiá balão /
ói corram gente venham ver /
toda a tripulação /
ele é um submarino /
que sobe em bola de sabão"

Não era isso.

Você sabia das coisas. O André também. A Rita também, só que diferente, com aquele olho de gato que via mais longe. A Rita sabia da gente e eu sabia que ela sabia. Tinha a sobrancelha levantada, uma só, quando eu ia pra lá do roçado e você depois. "Não enche, gatuna". Se ela sabia, o André sabia e a Mirna sabia. O combinado era cada um cuidar do seu. Bom era só o Nito não saber - só que o teu pai não era besta, Rosa. Besta eu.

A gente escondido que nem toda vez, ficou lá, no chão de sombra das folhas que eu esperei crescer, com a raiz de travesseiro pra minha cabeça e o meu ombro de travesseiro pro teu cabelo. Teve chuva nesse dia, a água que a gente pegava com a boca quando era pequeno achando graça beber o que vinha do céu. O cheiro de terra que tomou banho, cheirosa que nem você. Minha. E depois de tudo, o sono do sossego porque era fim de semana de usina e depois a serenata na vila e ninguém era pra chegar cedo.

Fecha o olho e dorme, a última coisa que saiu da tua boca no último dia do caquizeiro. Eu dormi e acordei com o gosto do sangue.

Como que esquece? Esse bafo fedido de um sangue que nunca foi embora, o sangue meu e o do André, coitado do André. O gosto e o cheiro do ferro. Ficou na minha boca, na minha cara por dentro, fedendo a podre e ranho seco pra sempre.

[os passos
os passos
os passos sobre as folhas secas]

Só eu escuto? Diz que você também escuta, Rosa. Não fiquei louco eu, é que o passo é igual. Igual o que saiu do quarto da mãe naquele dia. "Boca fechada, mosquito de merda". Me seguia quieto, filho da puta de um velho filho da puta, só que no caquizeiro eu escutei o pé dele no pé do meu ouvido.

Diz pra mim que lembra que nem eu, Rosa. Que a gente dormia puro puro quando ele chegou. Que as folhas partiram tudo quando ele pisou silêncio em cima delas e depois em mim. Capaz que você dormiu também. Quem dorme não lembra.

A Mirna me disse de pequeno que quem guarda o sono da gente é anjo, só que o teu pai me desceu o cacete antes de eu acordar. Era mentira então isso daí. Que se fosse verdade, o anjo tinha que dar jeito de eu acordar ou então de fazer eu morrer de vez pra eu não levantar mais e ouvir o Nito atrás de mim a vida toda. Que homem bate num homem que dorme?

Te tirou do meu ombro pelo cabelo lindo teu, armado e grosso que fazia sombra pro teu colo. Lembro de ele te puxar e eu acordar pra levantar, só que tinha resto de sonho, e quando tem sonho ainda a cabeça não firma nem o pé se ergue. E depois o barulho do fogo, o calor do fogo, o céu de chama do caquizeiro que eu cuidei pra você.

A vida inteira ouvindo passo. A Rita dizia "perseguido", mas no fim, certo eu. Eu só não escutava ele no sono, só que depois desse dia eu não ia mais dormir.

Mirna [*entre os lençóis*]

Fecha o olho e dorme, 8. Deita aqui e dorme. Eu levei a Rita lá. Ela e o buquê de cata-vento dela. Lindo ele. Bonito porque tinha brisa pra fazer rodar. Eu chorei. Eu odeio chorar e a vida toda eu choro. Pelo menos não encrua. Tem que botar pra fora. Ou bota pra fora ou dá dor de corpo. Só que eu choro e ainda dói. Dói aqui embaixo e não passa, uma dor que agarra igual raiz nas tripas e incha feito balão. Pfffffffff. A Rita canta uma música "Lará lará / oiá balão / ói corram gente venham ver / toda a tripulação / ele é um submarino / que sobe em corda de balão". Que ideia que não tem a ver, coitada da minha irmã. Eu tenho que ir no posto, só que doença, 8, quanto mais mexe mais fede. Deixa quieto. Só não é de deixar quieto se corre sangue, igual quando o Mosquito acertou o mais velho do Valter e depois o André. Tinha porco no almoço de Reis. Eu gostava de porco, só que depois do André deuzulivre não deu mais pra comer carne branca, que parece a gordura da perna do coitado e aquele sangue que corria feito rio terra abaixo. Gente é igual bicho, 8. Vê. O Bóris matou o Duque aqui, na noite do temporal que rachou a caixa d'água. Os dois, toda vez de provocação. "Vai pra lá, capeta", tinha que ficar separando. Só que um dia eu saí e o Bóris vrau. Depois não deu mais pra deixar eles perto, eu só deixei porque a água da chuva pegou o canil e não sobrou onde botar longe. Quando que eu pensei que eles iam se matar? Deu pouquinho tempo que eu saí, o Bóris já tinha pegado uma veia no outro e pronto. A Rita tentou separar, deu paulada, só que o cachorro só caiu depois do Duque morto. Cão não larga briga no meio. A Rita igual barata tonta, o Bóris de sangue num canto, o Duque morto no outro. Mas ou ficava um ou ficava o outro, que nem o Nito e o Mosquito, só que na briga dos dois teve o André. Tinha que ter separado. Quando que eu pensei que o menino ia querer matar o velho? Tinha acabado de fazer 18, piá sem motivo. Surra nunca foi grande coisa no batatal. Só que quando a Rita disse que o Mosquito tinha apanhado do Nito e ido embora, e depois eu vi ele de volta eu sabia que ia dar merda. A Rita falou pro André "tira o teu pai daqui", só que não deu tempo.

Depois que ele viu o Mosquito, aí é que ele não ia arredar. E o Mosquito parecia de encosto na sombra, deuzulivre. Um escuro no olho, daquele que fecha a pessoa por dentro. Sabe como que é, 8? Quando a pessoa parece que enxerga só que não enxerga, ouve só que não ouve, pensa só que só tem merda na cabeça e aí só consegue ver merda, ouvir merda e fazer merda. Aquele dia foi isso, chuva de merda. Mas bosta quando chove não chuvisca, cai de toró. E teve mais depois, quando a Rita deixou escapar a neném morta, coitada. Ia ser Norma, a menina. "Norma pra botar norma". Bobeira. Lugar sem lei não quer regra. Vai ver foi melhor. Agora ficou a Rita de neném pra eu cuidar.

Mosquito

Tem raiva que nem é da gente, Rosa, que a gente nem sabe de onde vem.

Depois do fogo eu voltei pra casa contra todo mundo que correu pra apagar a árvore. Avisei que eu ia embora. Falei pra Rita buchuda que se eu voltasse era pra matar ele.

Pro meio da cozinha, ela arrastou uma cadeira e me limpou o sangue da cara. Eu sentado e o ardido da pele machucada pra nunca mais sair. A dor era veneno que dava cria.

A voz mansa da minha irmã "deixa quieto", só que o gosto do sangue repetia na minha boca que queria o gosto do sangue do velho. A gente é cuspido e escarrado bicho, Rosa.

Quando a Rita parou, eu olhei no espelho e vi. O olho da mãe, da minha mãe, por entre a bochecha inchada inchada e o sangue seco, o olho que via tudo e nada ao mesmo tempo, igual o dela, quebrado eu.

[os passos
os passos
os passos sobre as folhas secas]

Da casa da Rita pra minha, com a vista do fogo ainda queimando, eu parei pra ouvir a tua parede. Tinha o chiado do som que era o teu choro, baixinho baixinho, e eu tive vontade de dar lágrima também, só não sabia como, tinha que ter aprendido a fazer. Tristeza saía de mim que nem ódio, um tanto de sentimento tonto igual eu, vagando na plantação com a cachaça de companhia. Então era assim que a bêbada sentia, cabeça de pena e coração de chumbo. Coração e pé. Cara de chumbo, olho de chumbo, testa de pena.

Quando a função do povo de apagar a minha árvore acabou, eu fui lá ver. Era pra eu ter ido embora, Rosa, mas que que era você que prendia o meu pé naquela terra? Maldita você também. Lá eu virei batata, que dependia da maldição de ficar lá, sempre lá, viva, encruada na terra, sem jeito de não vingar.

Passei a noite com a vista do pó de cinza. Ficou só o toco. Não tinha estrela no céu, só que a lua mexia.

Cachaça faz isso com a gente. Eu ia embora, só que quando eu vi, eu voltei. Quanto mais eu ia, mais eu voltava. Eu sou forte forte, eu sou o rei das batatas.

No dia seguinte, do outro lado do roçado, a Mirna gorda e alegre pro almoço de Reis, tirou a mesa pra comer fora. A porta do Nito se abrindo e você na beira da plantação, de frente pra mim sem me ver, quilômetro entre a gente, me chamando em pensamento. Quando ele morrer, Quinho. Eu ia apressar isso daí.

Tinha ainda o vento da pinga e a perna que desobedecia. Era pra andar reto, diacho. Eu quase conseguia. Na metade do campo você me viu. Desculpa o que vai vir, Rosa.

Você lembra? Da palavra sair lágrima, a lágrima que eu não aprendi a fazer. De você, correnteza. A minha doída, uma água miserável que pedia pra voltar. Eu sou forte forte... Eu sentia o olho queimar com você ali perto, só que o fundo da cabeça cuidava longe a porta do teu pai, o André na escada e o velho no batente.

Tinha a faca comigo, dava pra fazer logo o que eu tinha voltado pra fazer, só que você igual a Rita, vai pra casa, deixa quieto. Não ia dar, Rosa. Eu fui pra casa, só que tinha passo atrás de mim, na minha cola, no meu pescoço, respirando perto perto. Só eu ouvia.

[os passos
os passos
os passos]

Na cozinha, a Mirna e o cheiro bom do porco. "Aprontou a Rosa, Quinho?". Nunca.

Era pra dormir, só que eu só ouvia ele. Eu fechava o olho e do ouvido pra dentro o passo, a risada, a podridão da boca.

Era só pensar em você que me tirava a ideia de tirar o teu pai dali. No banho eu queria pensar na tua pele escorrendo a minha feito água, a pele onde eu desenhava com o dedo que nem mapa. Eu queria pensar nisso, só que o mapa não é a terra, Rosa. Ainda que a gente cuidasse feito nossa, era só mapa e pele pra desenhar o traçado.

Tem coisa que não dá pra ver antes. Quando que eu ia pensar que a faca ia pegar o André? Eu era bom de briga, não era pra errar. Mas foi a pena, o olho torto, o chumbo. Que que o André tinha que entrar numa briga que não era dele?

Eu fiquei de ouvido pra saber do povo indo embora e quando sobrou só o Nito, fim do dia, céu avisando, fantasma eu atrás do velho, só que eu não era de meter a faca pelas costas. "Velho filho da puta". Eu chamei, ele virou rindo, Rosa, desdentado, o olho vermelho de bêbado e o meu calor subindo pra chamar a morte na carne que ri, só que veio o André.

Nessa hora a Rita e a Mirna na porta de casa, os vizinhos tudo. "Para, Mosquito". Eu parei, mas a cabeça não. Eu parei, Rosa, só que a cabeça não. Você não viu. Onde que você tinha ido? Acredita, eu ia embora, só que quando eu vi eu fui, e no que eu fui, o André veio. A perna entre eu e o Nito e a faca rasgando a carne que nem banha lisa, rasgando a pele exibida do avesso. Ali a carne chorou, Rosa. Não era pra ser assim.

O que a minha lembrança faz do grito do urutau quando a faca pegou o André foi o grito da Rita. Depois, tudo mudo mudo. Eu caí com o sangue dele. Ele no chão, eu de joelho, a Rita buchuda em cima, o Nito pra pegar o caminhão e você, onde você tinha ido, Rosa? Melhor ficar escondida, não vem aqui que o sangue que derrama sem querer não ri, tem a cor feia, o visgo feio. Não vem pra ver coisa feia não, Rosa, desculpa eu.

Com a faca na mão, entregue pro chão, eles com o André pro hospital, eu rezei.

"Minha alma quer descanso /
Preciso de um recanto /
Minha arma quem vigia /
É o divino espírito santo"

Vigia, espírito santo, que um corte na perna não tinha que ser nada. O arame já pegou a gente, espinho de árvore já pegou a gente. Não era nada o corte, porque corte nunca foi chamado de morte. Só que era muito sangue.

A barriga da Rita vermelha e todo mundo vermelho até a Mirna chorona botar pano e amarrar a perna virada de dentro pra fora. Eu rezei pro André ficar e eu morrer, que eu já não aguentava em pé.

Quando sobrou só eu, o povo ainda me olhando de esgueio, plantado, eu gritei "sai sai todo mundo", que senão eu metia a faca, bando de filho da puta de um lugar filho da puta.

Rita

tic.
tic.
O embalo da goteira é bom de ouvir sempre igual.
Conta 5, presta atenção, criança.

tic.
[1,2,3,4,5]
tic.
[1,2,3,4,5]
tic.
[1,2,3,4,5]
Hoje de manhã eu vi a gata dormir
na churrasqueira.
Vai parir, ela. Linda, gorda, cinza.
Quando nascer, um é meu.

O suco da romã foi a premonição do sangue. Do fim de tarde, o céu vermelho que manchava a nuvem pequena e fina por cima, o sol batido se juntando com a terra que sempre me botou sujo o pé e agora tudo. Terra dentro, sangue fora.

A Rosa era a razão. Tinha que esperar o velho morrer, ele ia morrer, eu falei "tem calma, rapaz". Uns anos mais e contaram que o banguela tinha morrido da doença duma língua que não cabia mais na boca. Era só ter esperado. Mas era menino novo o meu irmão. Maldito.

Quando ele voltou vindo de lá, falou com a Rosa e passou reto pra casa. Se fechou quieto lá dentro e foi bom pra festa. A comida era boa, tinha música e dança. Lembrei da mãe, de como ela dançava dada pra banda.

A gente combinou ali, eu e o Maridinho: Norma. Ia ser Norma. Faltava um mês pra eu parir e o corpinho pequeno e formado flutuando a barriga, e as vizinhas botavam a mão e as crias de orelha pra ouvir o som. Veio a benzedeira com erva pra rezar, o paninho na boca do copo d'água virado em cima da minha cabeça pra tirar o calor de dentro. Mais do que tudo eu queria era dar de mamar. E cantar o que eu sabia.

> Lará lará /
> oiá balão /

ói corram gente venham ver /
toda a tripulação /
ele é um submarino /
que corre debaixo do chão

No hospital eu entrei com a barriga pulando de sangue e o Maridinho que eu já não sabia se vivo ou morto. Branca a pele, roxa a boca. Eu vou ficar bem, pequena. Vieram e levaram. Vivo ainda.

O Nito junto. Deu dó do velho, que uma coisa que ele amava era o André. A Rosa também, só que a Rosa era outra coisa. O André era o feito dele "a coisa de mais direito que eu fiz na vida". O velho quieto num canto, a mão na cara pra não ver e não verem, chorava de medo. Eu, noutro canto, segurava a barriga e chorava de medo. A Mirna comigo. "É mais triste quem chora sem dente", ela disse. A boca mole, a baba escorrendo fina no colo.

Eu nunca tinha ido num hospital. O cheiro verde de gente sem cor. Verde-clarinho, cor de doença.

Iam salvar o Maridinho. Disseram que tinha jeito. Só que não teve. Morreu no segundo dia e eu chorei até secar. De morto, ver ele ali, parado. A vida inteira se mexendo e agora parado pra sempre.

A brisa do cata-vento
é pro meu Maridinho mexer bonito no ar.
Desmorre pra mim, Maridinho, desmorre.

A Rosa trouxe a roupa do enterro. Eu vesti ele. Calcei o sapato, arrumei o cabelo partido pro lado certo, dei um beijo e abracei, que achar quem é seu nessa vida é sorte e eu sempre soube e ele também. Agora vestido de frio, não ia mexer mais.

Nem você, criança.
De tristeza eu percebi tarde que você também não.

Eu voltei pro verde-clarinho dia depois,
dizer pro doutor que você parou.

Faltava um mês pra vir.
E agora eu,
nessa cadeira de balanço que não balança,
num pedaço de terra que nunca foi da gente.
Cinco pessoas repetidas. Contei e são cinco.
Seis com você, mas você não conta porque não veio.

Mas veio. Eu tive que parir o corpinho grande, feito, fazer força pra te botar da barriga pra terra, debaixo da terra, que nem batatinha.

A boquinha miúda de beicinho.
Dormiu pra sempre de peito quieto,
nem pra cima nem pra baixo, eu fiquei olhando.
Norma minha.

Quietinha você, chorinho de miado.
Na minha cabeça era assim.
Quase não chorava você. Boazinha.

Pro guarda eu disse vazia d'alma "matou o André, a minha Norma, tentou matar o Nito, a Rosa fugiu de medo. Culpa dele". Na hora eu só disse de raiva. A Rosa fugiu, só que eu não sabia por quê.

Sete anos o Mosquito ficou preso e eu não fui ver, nem depois que ele saiu. Eu quis ir, só que não fui. A Mirna foi.

Depois do Maridinho morto e da Rosa partida, o Nito pegou o caminhão e eu nunca mais vi. Ficou eu e a Mirna com o resto das sete casas de plateia. Ano mais tarde chamaram pra cuidar da casa do dono.

Quinze anos que são anos repetidos.
Contei e são quinze. Me esqueci de como começou.
Só disso eu sei: sozinha tudo o que eu como
vira areia.

Capaz que seja bicho, me comendo a boca,
eu comida de verme.
Morta-viva, criança. Nem lá nem cá.

Eu já disse isso?

Eu ia falar pro Mosquito que eu sabia que ele não fez por mal. Eu sabia, só que a raiva come pelas beiradas. Quando eu vi, eu não disse. Quando eu vi, ele morreu e eu nunca disse.

Mirna [*entre os lençóis*]

Filha da puta. Pintou o cabelo igual o meu e agora deu de me espiar. Será que ela não vê que eu vejo ela? Diz pra ela que eu vejo ela, 8, ou diz nada também que eu não quero confusão. Mulher dos outros é dos outros. Te vira. Se chegasse pra falar comigo eu ia cantar "é verdade, meu bem, ele me come, muitas vezes, em casa, no mato, me chupa direito e não me come o cu, mas isso é nada, ele te ama, comigo é putaria, fica em paz, alguma ordem tem que se manter, beijo tchau". Pfffffff. Ordem, 8, ordem. Eu não mordo, afinal. "Dona". Certa a tua mulher porque é ela quem cuida. Eu só dou manutenção. Ela, dona. Eu, caseira. Você... um filho da puta. Homem é assim, menos o meu pai que era um santo. O meu pai era quem dava ordem na colheita. Quando morreu, ficou o Mosquito. Eu no plantio, que eu gosto é de mandar e ter quem obedeça. Trabalhar é bom, 8, ter a mão e a cabeça sem espaço pra bagunça dentro. Só aconteceu a desgraça de Reis porque a colheita fraca deu pro povo sarna pra se coçar. Teve a seca e depois a praga murchadeira. A gente também virou praga um do outro. A murcha negra sobre o que era bom. Olha o que fez o Mosquito. Deuzulivre. Não adiantou pedir desculpa, a Rita nunca mais quis saber. De todo o tempo do menino preso, ela não foi ver. Eu fui. Levar comida de domingo, só que não era mais o meu irmão aquele. Depois que ele saiu da prisão eu não vi mais. Eu queria, só que não fui. Ou também não queria muito, que a gente quando diz que quer e não faz é porque não queria muito. Eu queria querer ver o meu irmão, só que não quis, vai saber. Medo de ele vir atrás da Rita e ela doida. Outro dia ela na churrasqueira com o filhote da gata na teta. Era só o que faltava. O gatinho lambendo a teta, mordendo o bico, ela cantando pra dar de mamar, igual se fosse neném. "Oiá, oiá!". Na hora de fazer o parto saiu a criança inteira, 8. Só podia ter ficado doida a minha irmã. Levar morto no bucho, deuzulivre. Eu queria era a memória de quando a gente não tinha essa história pra contar. De quando tinha a mãe louca e a gente pensava que não dava pra ser pior só que dava, 8, sempre dá. Mas é melhor que a gente não dê cria. A mãe não queria a gente, a terra também nunca quis. Que que você acha que acontece quando a gente morre, 8? Eu penso que morrer deve ser dormir e acordar pra outra coisa. Dormir e acordar outra gente. Ou dormir gente e acordar bicho. Ou dormir bicho e acordar pedra. Ou dormir gente e acordar pó. Quem morre não lembra, igual a Rita. Esquece tudo ela já, repete dez vezes a mesma coisa. Eu não. A minha cabeça é de elefante. O tempo todo é "tem areia na minha boca, Mirna, e dói". Eu já falei pra ela que não tem nada, que deve ser problema de cuspe ou gengiva, ou o problema de um problema que fica mais pra dentro, só que no posto ela não vai. Aqui nessa casa o problema tá inteirinho mais pra dentro, vê? Teto, chão, parede. Não tem mais água no banheiro do meio. A piscina capenga, a fiação que toda hora queima tomada, uma peia sem fim. Mas que que eu tenho que reclamar? É meu isso daqui? Tenho que calar a minha boca e agradecer que me pagam pra ver tudo ir pro brejo. Faz tempo agora que o Seu Homi e a Dona Muié não vêm. Agora vem só o filho de vez em quando. "Dona Redonda". Logo ele vai querer vender aqui, escuta o que eu te digo. Não vai demorar. A terra é boa, tudo que planta nesse chão dá. Aí eu quero ver pra onde a gente vai, eu e a Rita. Tem problema de chegar velha na cidade. Se bem que trinta e sete não é velha. Eu dou um caldo ainda. Ia ser bom de eu ser cabeleireira, fazer unha, mão, pé, penteado. Salão de beleza. Ia ser bonito até, trabalho fino, não ficar carregando peso, as costas de varrer, lavar, a mão sempre suja ou murcha. Só que aprender outro trabalho custa. Mais nova eu tinha mais jeito. Quantos anos você tem mesmo, 8? Vinte e oito. Vinte e oito é neném. Com vinte e oito o Mosquito morreu. Vai fazer cinco anos. Parece mais. O tempo passa devagar aqui. Me dá um cigarro que aqui a vida é comprida. Aí no cemitério ficou a mãe mais o pai e uns túmulos pra lá o Nito, o André e a Norma mais a Lúcia. Tomara que a Rita morra depois de mim. Ou antes, que ninguém vai cuidar dela se eu morrer primeiro. Ficou só a gente. A gente e a Rosa, só que essa eu nunca mais vi. Eu fui visitar o Nito no hospital perto de ele bater as botas. Sem a língua, ele escreveu de letra torta "a Rosa não veio". Me deu vontade de chorar. Era um puto, só que era triste acabar sozinho também. Eu falei que não sabia dela e ele com a mão de papel escrito "pede desculpa". Guardei aqui. Se um dia ela aparecer, eu entrego. O Mosquito eu não sei onde que enterraram. Só sei que ele morreu porque depois pegaram a mulher dele que disse que ela mesma tinha degolado o meu irmão, e isso eu também não sei por quê. O Mosquito tinha as coisas dele escondido. Se não tivesse ela confessado eu ia ficar achando que ele também tinha ido embora, que foi sempre o que ele quis, sair daqui com a Rosa. Ou é capaz que a Rosa tenha morrido também. Será? Não dá pra saber. Você já vai? Espera que eu vou fazer um café, ver a fumaça embaçar os seus óculos quando você respira na caneca. Eu gosto. Só não tomo junto porque me dá azia.

Mosquito

A faca cortou fundo uma veia grande. Eu falei desculpa, a Rita passou quieta pra sempre. Eu sem uma irmã, um irmão e você.

O velho ficou no hospital o tempo todo do André lá. Eu queria ir, só não tinha coragem. Eu sou forte forte, eu sou mais desgraçado que o desgraçado do Nito, eu sou um filho de uma puta que balança com o vento. Fraco eu.

Você eu vi mais uma vez só, quando veio buscar a roupa pro enterro e não encosta em mim, você é mais desgraçado que o desgraçado do meu pai, olha o que você fez, um demônio que nem a tua mãe. Verdade isso daí, Rosa, eu passei o tempo do André no hospital enxugando cachaça. Certa você. A fruta não cai longe do pé.

Quando a Rita voltou chorando que o André morreu eu corri pro lugar do caquizeiro. Gritei pra terra um urro de explodir pulmão. Ficou a Rita sozinha e buchuda.

Na manhã do outro dia do André morto, eu, vagando, vi você de sacola grande no comboio. De pé, arrumando o teu lugar de sentar com quem ia pra cidade. Não tive força pra correr nem voia de gritar.

De pequeno, a gente corria atrás do caminhão do teu pai, lembra, Rosa? Ele no volante de olho no retrovisor, batendo na lataria enquanto pisava fundo e dizia pra gente ir mais rápido mais rápido mais rápido. Tinha perna que aguentasse a corrida de eu, você, a Mirna, a Rita, o André mais a cria toda do Valter, um tanto de criança suja pra correr pelo caminho que se Deus quisesse e o capeta empurrasse ia levar a gente embora desse lugar de bosta. Só que no fim o caminhão só deu conta de você.

Foi quando eu te vi abandonar a terra que criou a gente que vieram me buscar. Eu pensei do Nito me entregar, mas foi a Rita. "Você mata o que ama, piá", com a voz mansa mansa dela e o olho verde-gato. Se não fosse a cadeia, quem ia me levar era o Nito. Ia ser bonito até, morrer de vingança.

[ouve os passos sobre as folhas secas]

Sete anos preso e eu não lembro nada, só do escuro frio, úmido, do sagu da Mirna num domingo, do cheiro do mijo e do passo. O passo do Nito e o da mãe. Vai ver era ela o tempo todo. Perseguido eu.

Quando eu saí, eu voltei pra terra, Rosa. Você escutava ela chamando? Capaz que não. Que que você fazia agora, será? A Mirna dizia que mulher na cidade era bom de ser cabeleireira. Você gostava de trança.

Lá não tinha mais nada. Quem ficou não sabia de nada. Eu não era nem mais forte, nem rei. Agora o campo era de batata numa parte, aipim na outra. A vida passou rápido depois. A plantação acaba com a gente, Rosa. Quando eu me olhei no espelho, o pó vermelho, mesmo eu longe e preso, tinha coberto o meu corpo pra sempre. O chão seco e esgarçado de batata agora era eu.

Da Mirna e da Rita disseram que tinham ido trabalhar na casa do dono. Nunca fui, só ouvi dizer, que o neném da Rita arredou e que ela andava pinel feito a mãe.

Rita

Hoje eu sentei na beira da piscina vazia
com o sol de frente. Meu sonho. Casa com piscina,
só que com água clara e fria pra gente brincar
no calor do dia.

Eu queria a canela no geladinho, só que
debaixo e de cima sobe e desce mormaço
pra encher a piscina de suor da gente,
salgado e morno.
Maridinho disse que era salgado o mar.

Um dia a gente vai ver, criança.
Um dia essa piscina enche e vira mar
de suor da gente.

Eu ouvi o miado na churrasqueira.
A gata pariu, cinco gatinhos nas cinzas.
Seis com você.
Lambia o visgo que enrolava um por um e eu ali.
A vida engole a gente, criança.

Eu peguei um. O miadinho igual choro de neném, igual o choro teu, que ia vir se você tivesse vindo. Tinha fome, o bichinho. Eu dei o peito.
Teta dá leite quando criança pede,
eu aprendi com a mãe.

Faz ano ela veio aqui, a Rosa. A Mirna não viu. Veio dizer desculpa, que se não fosse ela o André ainda era vivo e a Norma também. Vai saber... Eu disse que ela tinha culpa nenhuma. Bonita igual sempre, o cabelo grande e crespo pros lados, boneca na minha mão quando era pequena. Contei que o pai dela tinha morrido, que o Mosquito também. Não mostrou dor nem nada, "faz tanto tempo que não importa".

Tinha ido pra Morretes, morar no mar. A Rosa nunca foi da terra. Disse que fazia visita com turista, levava pra passear. Achei bonito. Disse que não casou e nem ia casar, que não ia ter filho. "Eu e eu só, pra ser livre a vida toda". Eu ia ficar triste livre a vida toda.

Antes de entrar no carro pra ir embora, ela deixou num papel um número de telefone e o endereço "vem visitar". Guardei comigo. Não disse pra Mirna porque não queria que ela chorasse. Ia chorar de não ter visto a Rosa. Por tudo ela chora, a Mirna.

De encostar a língua áspera no bico do peito
o gatinho derramou leite.
Primeiro de uma teta, depois da outra.
Na beira da piscina, você mamou, criança.
Um sonho dentro do outro.
Oiá, oiá...

tic [uma gota]
tic [uma gota]
tic [uma gota]

Mosquito

Eu disse que depois da surra e do fogo, não ia mais dar pra dormir e não deu. Sete anos eu sonhando acordado. Foi assim que eu esqueci de eu preso. Se você não dorme fica tudo sonho-pesadelo. Pesadelo que eu matei o André, que a Rita me esqueceu, que você também foi embora. Sonho que a mãe veio me embalar. Eu não dormia era pra não acordar. Quem que ia querer acordar preso?

> *[os passos*
> *os passos*
> *os passos]*

Acordado eu sonhava que tinha sono, a pálpebra pesada e o olho, maldito olho, fazia força pra abrir quando vinha o passo. Eu inventei que piscar era dormir. Só deu pra cochilar de novo quando falaram que o Nito morreu. Num sonho eu sonhei que ele tinha ido pro céu com uma língua de balão. Só que se existisse céu, Rosa, ele não ia pra lá. Céu e inferno é diferente pra todo mundo. No meu céu eu não tenho sono. No meu céu tem horizonte e você. No meu inferno tem pra sempre você, o Nito e o medo.

Dez anos da morte do André, com o velho já morto, eu voltei a ouvir um passo. No bar, depois de solto, eu achei uma mulher mais bêbada que eu e levei pra casa, morar comigo. Pele precisa de pele, Rosa. Ela ficou até arranjar um homem mais bêbado que ela.

Eu tinha ganhado um dinheiro, o trocado que ia me levar embora dali. Dessa vez eu ia mesmo, juro que ia, Rosa. Só que por último o passo que eu ouvi naquela noite foi o dela, sofrida sofrida de cachaça e de amor, vinha pra levar embora o dinheiro que eu juntei e me matar pra enterrar comigo a raiva que brotou e deu fruto, folha e raiz, que floresceu na chuva e na seca. Tinha eu que agradecer.

De madrugada, eu vi ela no reflexo da tevê. Vi e fiquei ali, parado. A minha vez de ir embora. Ela por trás num corte de faca. Não foi ruim nem doeu.

Morto eu. Virei terra grávida de árvore, do caquizeiro que depois de queimado crescia de coragem pra dar pássaro no inverno e fruta no verão, o lugar das primeiras coisas. Foi lá que ela me enterrou escondida com o rapaz que me botou o corno, meu dinheiro no bolso, eu pra sempre na árvore nossa. Meu céu e meu inferno. Eu odeio tanto aqui que vou ficar aqui pra sempre. Eu morri foi pra voltar pra cá, Rosa.

Mirna

Corpo é uma merda. Tem a dor nas tripas e agora nas ancas. Toda dor é falta de amor, 8. Eu nem acho isso mesmo, só disse porque rima, ou porque ouvi em algum lugar, sei lá. Se tivesse você aqui eu botava fazer massagem, só que você não vem faz tempo. Agora tem esse menino bobo que botaram pra ajudar, um menino sem hora pra vir. Perguntei se ele te conhece, ele conhece, só que não te vê mais. Mando essa carta por ele, que não quero despencar praí e não te achar. Ou então ir e dar de cara com a Senhora Sua Dona. Se receber essa página, venha me ver. Se o menino bobo abrir e ler, que vá à merda. Se a tua mulher ler, não ligo. Não tem nada de novo aqui, mas se vier te faço sagu. Te falei já que quem gostava de sagu era a mãe. Da batata ou do aipim que sobrava da plantação a gente fazia bolinha. Rala, bota água, faz a goma, passa na peneira de vai e vem, esquenta e esfria até o ponto. A mãe gostava porque vinha o vinho junto, que ela não era boba nem nada. Quando ela ainda não tinha tanta bagunça na cabeça, a gente sentava na escada de sábado à tarde pra comer sagu quente. Eu lembro do sol forte e do ar cortando gelado a pele. "Sagu sabor céu azul", a mãe brincava. Era engraçada ela. Na plantação a gente quase não comia batata. Se o povo aí fica sabendo que batata tem história de sangue e de perda também não come mais. Ou come, que ninguém tem nada com isso também. Só que taí um negócio que eu não ligo, batata. Só falei sagu porque você gosta. A Rita também gosta, só que não come. Outro dia veio com essa história de que vomitou uma cobra. Pffffffff. É engraçada a Rita também. "Vomitei, só que engoli de novo porque fez falta". Lelé. Eu não vomitei uma cobra, mas também ficou buraco aqui. Não é de saudade, que eu tenho mais o que fazer do que pensar no que não veio, só que a vida é de lua, 8. Hoje tem falta. Tem hora que a gente fica assim, tem hora que a gente fica assado. Eu choro um pouco, vou fazer outra coisa. Não fica certo não dar tchau. A boa notícia é que o menino consertou a bomba da piscina. A notícia ruim é que já bate o vento sul. A Rita ficou felizinha de ver a piscina cheia, entrou de roupa e tudo quando acabaram de encher. Agora ela me ajuda mais, que eu falei que tudo bem dar de mamar pro gato e vomitar cobra, mas precisa me ajudar. Ela ajuda. "Eu acho que não duro mais muito tempo aqui, Rita", eu disse pra ela outro dia. Ando apodrecendo de dor, tem coisa errada aqui embaixo da barriga. Daqui a pouco eu durmo e acordo outra. Eu ia gostar. Já combinei com a Rita que se eu for primeiro e ela não tiver mais nada pra fazer aqui ela dorme pra sempre e vem comigo. Ando fazendo simpatia, um cordão de rosinha de algodão pra botar dentro do travesseiro meu e dela, pra gente acordar junta num lugar bom, sem deixar rastro nessa terra. Mas tem tempo pra isso. Eu ainda dou um caldo. Vem me ver, 8. Dorme comigo. Quero que venha. Te espero.